POÉSIES RELIGIEUSES

VIE DE LA SAINTE VIERGE

VIE DE SAINT JEAN-BAPTISTE

PAR

EUGÉNE BOQUET

PARIS

IMPRIMERIE F. DEBONS ET Cie

16, RUE DU CROISSANT

POÉSIES RELIGIEUSES

POÉSIES RELIGIEUSES

VIE DE LA SAINTE VIERGE

VIE DE SAINT JEAN-BAPTISTE

PAR

EUGENE BOQUET

PARIS

IMPRIMERIE F. DEBONS ET Cie

16, RUE DU CROISSANT

A MA MÈRE

POÉSIES RELIGIEUSES

INVOCATION

O Vierge immaculée
Dont l'astre radieux
Parut en Galilée
Illuminant les cieux,
Tout ce qui vit, respire,
Contemple ta beauté ;
Tout est sous ton empire,
Implore ta bonté,
Car le Sauveur du monde
S'incarna dans ton sein ;
Ta mamelle féconde
Nourrit le trois fois saint,

En voyant ta lumière
Le Démon s'est caché,
Et tu fus la première,
A vaincre le péché.

PREMIÈRES ANNÉES DE LA VIERGE

Vierge qui fus le temple
De la Divinité,
Et dont l'âme contemple
L'éternelle beauté,
Tu fus immaculée
Dès ta conception,
Comme telle appelée
A la perfection.

Vierge, Reine future
De la terre et des cieux,
Tu nais, et la nature
Chante un hymne joyeux ;
Les anges te célèbrent
Dans leurs divins concerts,
Les esprits des ténèbres
Retombent aux enfers.

Vierge qui fus menée
Toute jeune au saint lieu,
Y restas destinée
Au service de Dieu,
Tu te sentis remplie
De divine ferveur,
Et devins accomplie
Pour t'unir au Sauveur.

LES FIANÇAILLES DE LA VIERGE

Un ange a révélé la parole de Dieu
Au pontife qui fait sa prière au saint lieu :
« C'est un fils de David, à la tige fleurie,
Qui doit être l'époux de la Vierge Marie. »

Ils sont les descendants de David réunis,
Ils sont au temple saint, tenant des buis bénits,
Demandant au Seigneur que leurs rameaux fleurissent,
Que sur leurs buis bénits les fleurs s'épanouissent.

Miracle ! le rameau de Joseph a fleuri,
Joseph est éclairé du feu du Saint-Esprit...
C'est lui, c'est lui l'époux que Dieu même désigne,
C'est lui, c'est lui que Dieu reconnaît le plus digne.

Et la Vierge reçoit le rameau de Jessé,
Reçoit dans le saint lieu Joseph pour fiancé ;
Et le pontife unit à la Vierge Marie
Joseph, fils de David, à la tige fleurie.

LA SALUTATION ANGÉLIQUE

Dans son humble demeure, elle est seule, elle prie,
      La Vierge d'Israël,
      Quand l'ange Gabriel,
Entrant tout lumineux, lui dit : « Salut, Marie,
      Le Seigneur est en toi ;
Tes grâces sont la joie et le parfum des âmes,
Tu te trouves bénie entre toutes les femmes,
      Vierge pleine de foi ;
Le Saint-Esprit viendra rendre ta fleur féconde,
      Lui donner sa chaleur,
      Et sans nulle douleur
Tu concevras, mettras un homme dans le monde ;
      Et le fruit de ton sein,
L'enfant qui sortira de ce divin mystère,
Sera le fils de Dieu qui sauvera la terre,
      Jésus, le trois fois saint ;
Et celui qui lui doit préparer toute voie,
      Vierge de Nazareth,
      Naîtra d'Élisabeth
Dont le sein maternel est déjà plein de joie. »

LA VISITATION

« Toi qui viens en ce lieu
Répandre tes parfums, tes grâces sur les âmes,
Tu te trouves bénie entre toutes les femmes,
Sainte Mère de Dieu.

Mon cœur en te voyant s'emplit de sainte ivresse,
Mère de mon Seigneur ;
Je suis toute au bonheur,
Je sens, je sens mon sein tressaillir d'allégresse.

Heureuse, heureuse es-tu
D'avoir cru que pour toi Dieu ferait un prodige,
Car Dieu fera sortir une fleur de ta tige,
Sans nuire à ta vertu. »

Voilà, voilà comment à la Vierge Marie
Élisabeth parla,
Comment se révéla
La parole divine au seuil de Zacharie.

2.

LE MAGNIFICAT

Mon âme rend gloire au Seigneur
Pour tous les dons de sa tendresse,
Mon esprit est plein d'allégresse
En Dieu qui fait tout mon bonheur ;
Car sa semence généreuse
M'apporte la fécondité,
Et désormais l'humanité
M'appellera la Bienheureuse ;
Car il est saint, oui, trois fois saint
L'Esprit qui dans mon être opère :
Il vient de lui, du Fils, du Père,
L'enfant que je porte en mon sein ;
Car sa grande miséricorde
Pour toujours et dès aujourd'hui
Il l'étend sur qui croit en lui,
Ce Dieu qui peut tout, tout accorde ;
Lui dont le bras toujours vainqueur
A dispersé comme de l'herbe
Les pensers dont chaque superbe
S'enorgueillissait dans son cœur ;

Lui qui renversa la puissance
De qui s'adorait étant grand,
Qui fit briller au premier rang
La simplicité, l'innocence ;
Lui qui donna les biens des cieux
A ceux qui s'en montraient avides
Et qui renvoya les mains vides
Les avares, les orgueilleux ;
Lui qui, gardant la souvenance
De son serviteur, Israel,
Vint par un lien éternel
S'attacher à sa descendance,
Ainsi qu'Abraham nous l'a dit,
Que le sut Noé dans son arche,
Que le sut chaque patriarche,
Que les prophètes l'ont prédit.

APPARITION D'UN ANGE A SAINT JOSEPH

Marie a gardé pur son corps comme son cœur :
Elle est pour saint Joseph une amie, une sœur,
  Comme une chose sainte ;
   Mais il la voit enceinte,
Et tout son corps reçoit comme un choc violent :
Il recule, il avance, effrayé, chancelant ;
  Et songeant à l'injure,
   A l'épouse parjure,
A ses beaux jours passés, à ses devoirs d'époux,
Il n'a pas un accès, un éclair de courroux,
Il ne veut pas punir ni perdre l'infidèle,
Mais la fuir sur-le-champ, mais se séparer d'elle,
Quand, au moment de fuir, un envoyé des cieux,
Ange consolateur, apparaît à ses yeux :
« Joseph, fils de David, ne conçois pas de crainte,
Garde, garde Marie, elle est pure, elle est sainte ;
  Il vient de l'Esprit-Saint,
   Le doux fruit de son sein ;
Appelle-le Jésus, ce fils du saint mystère :
Il vient pour racheter les péchés de la terre. »

Béni soit le Seigneur
Qui me rend le bonheur,
Qui le sein de Marie a pris pour tabernacle ;
Béni, dit saint Joseph, Dieu qui fait ce miracle.

SAINT JOSEPH

Il fallait à Marie un époux sur la terre,
Quand se formait le fruit de sa maternité,
Quand se manifestait l'insondable mystère
D'un Dieu qui s'incarnait dans sa virginité ;
Il fallait à Jésus, il fallait à Marie
Quelqu'un qui les aidât, quelqu'un qui les nourrît
Quand ils furent forcés de quitter leur patrie,
D'aller à l'étranger demander un abri ;
Et ce fut toi, Joseph, qui, venant à connaître
Le mystère divin de l'Incarnation,
Fus le père adoptif de Jésus prêt à naître,
Fus devant lui, sa mère, en adoration ;
Et ce fut toi, Joseph, qui prêtas assistance
A la mère, à l'enfant que Dieu t'a confiés,
Leur donnas chaque jour le pain de l'existence,
Achevas auprès d'eux tes jours sanctifiés ;
Et c'est toi, saint Joseph, que tout pieux fidèle
Invoque quand il a besoin d'une faveur,
Se propose de suivre ici-bas pour modèle,
Prend pour son protecteur auprès d'un Dieu Sauveur.

SIGNES A LA NAISSANCE DE JÉSUS

Voici, dit la Sibylle, un astre qui se lève :
      C'est celui d'un enfant
      Qui dans le ciel s'élève
Et que porte une Vierge à son sein triomphant ;
Adore cet enfant dès son jour de naissance,
      Premier César Romain,
      Car il a ta puissance
Et celle de la terre entière sous la main.

Voici que s'accomplit l'ancienne prophétie
      Du saint roi Balaam :
      L'étoile du Messie
Se lève glorieuse au ciel de Chanaan ;
Rois, savants d'Orient suivent tous sa lumière,
      En se donnant la main,
      Vont faire leur prière
Au berceau de qui doit sauver le genre humain.

3

Voici que la nuit même où Jésus vint à naître,
　　　　L'ange d'élection
　　　　Vint révéler leur maître
Aux bergers qui veillaient sur les tours de Sion ;
Et les bergers, marchant à la suite de l'ange,
　　　　Vinrent dans le lieu saint
　　　　Où Jésus dans son lange
Souriait à sa mère en demandant le sein.

LA NAISSANCE DE JÉSUS

Humanité, renais à l'espérance :
Dieu s'est fait homme afin de t'élever ;
Humanité, crois à ta délivrance :
Dieu s'est fait homme afin de te sauver.

Vois une mère, une nuit de décembre,
Dans Bethléem chercher à s'abriter,
Réduite à prendre une étable pour chambre,
Auprès d'un bœuf et d'un âne enfanter ;
Vois cette mère, au ciel toute ravie,
Prendre, reprendre, enlacer, embrasser
Son nouveau-né, son sang, toute sa vie,
Le fils de Dieu sur son sein le bercer.

Vois Bethléem traversé par un ange
Qui fait connaître aux bergers d'alentour
Qu'en une crèche, enveloppé d'un lange,
Est le Sauveur qui vient de voir le jour,

Vois les bergers entrer dans une étable,
Trouver Jésus nouveau-né, l'admirer,
Le proclamer fils de Dieu véritable,
Se prosterner à ses pieds, l'adorer.

Vois une étoile aux Mages apparaître,
Les éclairer jusqu'à Jérusalem,
Et leur montrer, avant de disparaître,
La grotte où Dieu naquit à Bethléem ;
Vois-les porter en offrande, ces Mages,
L'or et l'encens et la myrrhe au Sauveur,
A ses genoux déposer leurs hommages
Et l'adorer pleins de foi, de ferveur.

Humanité, renais à l'espérance :
Dieu s'est fait homme afin de t'élever ;
Humanité, crois à ta délivrance :
Dieu s'est fait homme afin de te sauver.

LE CANTIQUE DE SAINT SIMÉON

Vous avez accompli mon rêve de bonheur,
Et je puis maintenant mourir en paix, Seigneur.
J'ai vu, je vois celui que votre sein féconde,
Celui qui vient de vous, qui vient sauver le monde,
Le soleil qui luit sur cent peuples divers,
La gloire d'Israel qui parcourt l'univers ;
J'ai vu, je vois celui qui sur chaque existence
Un jour prononcera l'éternelle sentence,
Fera revivre en lui ses pieux serviteurs,
Couvrira d'une nuit sans fin ses détracteurs ;
J'ai vu, je vois aussi votre âme perforée
Par l'homicide acier, sainte mère éplorée...
Et tout ce que j'ai vu par avance aura lieu
Pour que chacun arrive à reconnaître Dieu,
Arrive en Jésus-Christ affirmer sa croyance
Et mettre sous ses yeux à nu sa conscience.

3.

LA FUITE EN ÉGYPTE

Jésus à peine est né
Que le Démon par lui craint d'être détrôné,
Que le Démon décide
Hérode, roi des Juifs, à se faire homicide,
Mais Hérode aura beau
Prendre chaque berceau pour en faire un tombeau,
Ce roi de l'homicide
Ne pourra pas du moins se faire déicide ;
Un divin messager
Viendra mettre Jésus à l'abri du danger,
Le fera la nuit même
Fuir loin de son pays, fuir avec ceux qu'il aime ;
Et l'Égypte sera
La terre hospitalière où Dieu la conduira,
Où Joseph et Marie
Berceront ses beaux jours loin d'Hérode en furie.

LE MASSACRE DES INNOCENTS

Et Rachel dans Rama pleure, crie affolée,
Se voyant arracher du sein ses nouveau-nés ;
Et Rachel dans Rama demeure inconsolée,
Car ils sont, ses enfants, tous morts, assassinés.

« Où donc se cache-t-il, dit Hérode en furie,
Cet enfant, roi des Juifs, qui veut me détrôner ?
Est-ce dans la Judée, est-ce dans Samarie,
En Galilée enfin qu'il se fait couronner ?...
Soldats, levez sur lui vos glaives homicides,
Car naissant mon rival il est né criminel,
Et, de peur qu'il n'échappe aux pâles Euménides,
Massacrez chaque enfant sur l'autel maternel. »

Et les soldats, levant leurs armes meurtrières,
Fondent sur des berceaux, sur des seins pleins d'effroi,
En tirent les enfants malgré cris et prières,
S'en font les assassins au nom d'Hérode roi ;

Et ce n'est dans la ville, aux champs, sur chaque route
Qu'un long cri de douleur, qu'un long cri de terreur ;
Et ce n'est tout partout que du sang qui s'égoutte,
Que reçoit chaque mere en reculant d'horreur.

Et Rachel dans Rama pleure, crie affolée,
Se voyant arracher du sein ses nouveau-nés.
Et Rachel dans Rama demeure inconsolée,
Car ils sont, ses enfants, tous morts, assassines.

JÉSUS AU TEMPLE

Joseph, Marie, en proie aux pressentiments sombres,
Par tout Jérusalem errent comme des ombres
Cherchant et demandant en vain l'enfant Jésus,
Leur enfant que peut-être ils ne reverront plus ;
Quand après trois longs jours de mortelles alarmes,
Après avoir prié, versé toutes leurs larmes,
Ils entrent au saint temple et trouvent leur enfant
Au milieu des docteurs debout et triomphant.
Ah ! quelle douce joie au cœur ils ressentirent,
Que d'actions de grâce au Seigneur ils rendirent,
Ayant pu retrouver en ce bienheureux jour
Jésus, leur seul trésor, Jésus, tout leur amour !
Et quel fut leur orgueil comme aussi leur surprise
De l'entendre parler sur la loi de Moïse,
Les prophètes, le Christ qui vient au temps prédit,
Se révèle à douze ans comme sage, érudit,
Et laisse les docteurs d'Israel qui l'entendent
Se demander s'il est le Sauveur qu'ils attendent !

LA MORT DE SAINT JOSEPH

Après avoir baigné la terre de lumière,
Le soleil dans les cieux rentre son disque d'or,
Et comme lui, le juste, achevant sa carrière,
Donne un dernier sourire à la terre et s'endort.

Tel s'éteint saint Joseph dans les bras de Marie,
            Du divin Rédempteur,
Tel il sera porté dans le ciel, sa patrie,
            Comme un triomphateur ;
Car à l'œuvre de Dieu, pendant sa vie entière,
            Il s'est sacrifié,
Auprès du Fils de Dieu, de la Vierge en prière,
            Il s'est sanctifié ;
Car c'est lui que le Christ, resplendissant de gloire,
            Sur son trône étoilé,
Sortira de sa bière humide, froide, noire,
            Comme un esprit ailé ;
C'est lui, c'est saint Joseph qu'accueille la phalange
            Des anges radieux,
C'est lui qui va goûter un bonheur sans mélange
            Dans l'infini des cieux.

                                4

Après avoir baigné la terre de lumière,
Le soleil dans les cieux rentre son disque d'or,
Et comme lui, le juste, achevant sa carrière,
Donne un dernier sourire à la terre et s'endort.

LES NOCES DE CANA

Le miracle de l'eau qui fut changée en vin
Aux noces de Cana, dans un banquet divin,
Fut le premier que fit le fils de Dieu sur terre,
Que fit le fils de Dieu par amour pour sa mère.

La mère de Jésus venant à remarquer
Qu'à la fin du banquet le vin allait manquer
En avertit Jésus, et Jésus de lui dire
Qu'ils n'y pouvaient tous deux rien trouver à redire.
Puis voyant que le vin faisait défaut partout
Et voulant à sa mère être agréable en tout,
Il dit : « Emplissez d'eau jusqu'à leur orifice
Les urnes du banquet, portez-les à l'office. »
Et les urnes étant pleines d'eau jusqu'au bord
Aux mains de l'intendant arrivèrent d'abord,
Et l'intendant, trouvant un tel vin délectable,
A tous les invités le fit servir à table.

Le miracle de l'eau qui fut changée en vin
Aux noces de Cana, dans un banquet divin,
Fut le premier que fit le fils de Dieu sur terre,
Que fit le fils de Dieu par amour pour sa mère.

HEUREUX LE SEIN DE LA VIERGE

Une femme du peuple admirant la bonté
Du Christ qui se dévoue à notre humanité,
Qui chaque jour est prêt à rendre des oracles,
A rendre le public témoin de ses miracles,
Qui guérit tous les maux du corps et de l'esprit,
A tous ouvre le ciel, à tous y donne abri ;
Cette femme, sentant s'ouvrir une autre vie,
De se laisser aller du Christ toute ravie
Et de lui témoigner son amour dans ce cri :
Heureux, heureux le sein qui t'a porté, nourri !

4.

IL EST PROCHE LE JOUR

Il est proche le jour de la douleur amère,
  Du morne désespoir,
  Où le cœur d'une mère
Saignera, n'aura plus sur terre aucun espoir.

Il est proche le jour où la Vierge Marie
  Montera les degrés
  Du Calvaire, meurtrie,
Tiendra son fils, sa croix dans ses bras enserrés.

Il est proche le jour où le Sauveur du monde,
  Le Seigneur, Roi des rois,
  Verra la Mort immonde
Lui donner un baiser de Judas sur la croix.

LA VIERGE AU CALVAIRE

Jardin des Oliviers,
Où mon fils me faisait ses adieux, les derniers,
Priait Dieu d'écarter de lui l'affreux calice,
  Le moment du supplice,
  Où dans la nuit Judas,
Entouré de flambeaux, de prêtres, de soldats,
Venait vendre, embrasser, livrer, l'horrible traître,
  Son bienfaiteur, son maître ;
  Jardin des Oliviers,
Je vois, je ne vois plus tes abris printaniers,
Mais mon fils au milieu de mortelles alarmes,
  Des torches et des armes,
  Mon fils, mon sang, mon Dieu,
Auquel je ne puis pas dire un dernier adieu !

  Justice populaire
Qui ne sais qu'obéir à l'aveugle colère,
Que te laver les mains, condamnant l'innocent,
  Faisant couler son sang ;
  O justice romaine,
Montre-toi jusqu'au bout lâche autant qu'inhumaine.

Aime mieux, aime mieux le Christ crucifier,
  Barrabas gracier,
  Justice de Pilate,
Je vois, je ne vois plus qui te menace et flatte,
Mais mon fils que tu viens d'envoyer au trépas,
  Que je ne quitte pas.

  Bats des mains, chante et crie,
Peuple Juif, jette-toi sur le Christ en furie,
Tresse-lui la couronne épineuse des rois,
  Fais-lui porter sa croix;
  Frappe-le quand il tombe,
Fais-toi son insulteur avant qu'il ne succombe,
Arrache sa tunique, arrache aussi sa chair,
  Dresse sa croix dans l'air.
  Bats des mains, chante et crie
Autour de ta victime; elle expire, elle prie
Pour son bourreau qui n'a ni pitié, ni remord,
  Qui prolonge sa mort...
  Je ne vois pas ton crime;
Je suis, je suis mourante aux pieds de ta victime.

  Calvaire, lieu d'horreur,
Je te vois, je recule en proie à la terreur :
Mon fils est attaché sur une croix infâme,
  Mon fils va rendre l'âme...
  Dieu juste, Dieu puissant,
Prolonge encor ses jours, les jours de l'innocent,

Mon fils, reconnais-moi, vois ma douleur amère,
        Parle, parle à ta mère...
        Calvaire, lieu d'horreur,
Où tout le peuple Juif exerça sa fureur,
Je vois, je ne vois plus que mon fils qui rend l'âme,
        Mon fils que je réclame.

LA VIERGE AU PIED DE LA CROIX

Mon Dieu, quelle souffrance !
Mon Dieu, n'ai-je donc plus sur terre d'espérance?
Vais-je perdre en ce jour
Votre fils et le mien, perdre tout mon amour ?
Sur une croix infâme,
Mon bien-aimé, mon fils est prêt à rendre l'âme,
Et je ne puis courir
A son aide, avec lui je ne puis pas mourir!
Je retombe affaissée
Tenant la sainte croix sur mon cœur embrassée,
L'arrosant de mes pleurs
Et la rendant témoin de toutes mes douleurs.

Mais une voix qui prie
Passe à travers la croix et mon âme meurtrie :
La voix de l'innocent
Pardonnant au bourreau d'avoir versé son sang;
La voix de la victime
Promettant au larron, repentant de son crime,
De le ravir aux cieux,
Au Paradis, parmi les anges radieux ;

La voix de Dieu lui-même
Qui m'appelle, me dit en ce moment suprême
De prendre pour mon fils
Jean, l'apôtre au cœur doux, qu'il aima tant jadis.

Mon fils, mon sang, ma vie :
Votre âme ne pourra jamais m'être ravie,
Je ne pourrai jamais
Vivre sans vous, aimer comme je vous aimais.
Terre, peux-tu me rendre
L'amour de mon Seigneur que tu n'as pu comprendre,
Cet amour infini
Qui va jusqu'à verser pour toi son sang béni ?
Seigneur, votre supplice
Je l'endure, je bois avec vous le calice ;
Ah ! Seigneur, Roi des rois,
Je sens que je me meurs au pied de votre croix !

LA VIERGE A LA DESCENTE DE CROIX

Il est là dans mes bras, descendu de sa croix :
    Ses membres sont tout froids,
Ses yeux sans mouvement, sans mouvement sa bouche,
    Son cœur quand je le touche...
Mon Dieu, mon Dieu, le Christ a cessé de souffrir,
    Mon fils a pu mourir !
Ah Dieu ! versez le baume à ma douleur amère,
    Consolez une mère.

Il est là dans mes bras, sanglant, inanimé,
    Mon fils, mon bien-aimé ;
Et je crois par moments l'entendre qui respire,
    Qui sur mon cœur soupire...
Dieu, mes pleurs, mes baisers lui rendent la chaleur,
    Font se rouvrir sa fleur ;
Ah ! je me sens renaître à la sainte espérance,
    Je n'ai plus de souffrance.

Il est là dans mes bras, descendu de sa croix,
      Le Seigneur, Roi des rois :
Il m'apparaît vivant, sous sa forme première,
      Entouré de lumière...
Mon Dieu, mon Dieu, je crois à ma félicité,
      Au Christ ressuscité ;
Ah Dieu ! je vais à vous sur les ailes des anges,
      Je chante vos louanges.

LE CHRIST EST RESSUSCITÉ

La bière s'est entr'ouverte,
La bière s'est découverte :
Debout, vivant sur le seuil,
Est le Christ dans son linceul ;
C'est le Christ, divin prodige,
Sa fleur renaît sur sa tige,
Renaît pour l'éternité...
Le Christ est ressuscité.

Chante, chante, terre entière,
Le Christ qui sort de sa bière,
Le Christ qui ne change pas,
Le Christ vainqueur du trépas ;
Chante, terre, avec les anges,
Chante, chante les louanges
De la Sainte Trinité...
Le Christ est ressuscité.

5.

Patriarches et prophètes,
Saintes femmes qui vous êtes
Endormis dans le Seigneur,
Ouvrez les yeux au bonheur :
Voici votre délivrance,
Votre suprême espérance,
Voici l'immortalité...
Le Christ est ressuscité.

APPARITION DU CHRIST A SA MÈRE

Mon Dieu, mon Dieu, dans ma douleur amère,
J'ai mis en vous toute ma foi de mère,
Et, grâce à vous, il va m'être rendu,
Mon fils, mon fils, que je croyais perdu.

Je vois s'ouvrir, se découvrir la bière
        Où dormait mon enfant :
        Il en sort triomphant,
Étincelant de gloire et de lumière ;
C'est lui, c'est lui, tel qu'il était avant
        De boire le calice,
        D'endurer le supplice ;
C'est lui, c'est lui, le Christ est bien vivant.

Je le revois : il revient a sa mère,
        Il demande un abri
        Au sein qui l'a nourri,
Il verse un baume à ma douleur amère ;

Ah! je suis toute à la joie, au bonheur,
　　　Au ciel je suis ravie,
　　　Je suis dans l'autre vie
Auprès de lui, mon fils et mon Seigneur.

Mon Dieu, mon Dieu, dans ma douleur amère,
J'ai mis en vous toute ma foi de mère,
Et, grâce à vous, il m'est enfin rendu,
Mon fils, mon fils, que je croyais perdu.

LA VIERGE A L'ASCENSION

Il est devant mes yeux au mont des Oliviers,
Il m'adresse, mon fils, ses adieux, les derniers,
Il m'annonce qu'il va retourner à son Père,
Préparer dans le ciel une place à sa mère.

Je vois, je vois le Christ, attiré vers les cieux,
  Planer sur les abîmes,
S'élever comme un aigle, un ange radieux,
  Vers les plus hautes cimes...
Je vois, je vois le Christ aux cieux bleus, argentés,
  Au milieu des prophètes,
Des justes et des saints qu'il a ressuscités,
  Des anges qui le fêtent...
Je vois, je vois le Christ monter jusqu'au saint lieu,
  ' Près du Maître suprême,
Et s'asseoir triomphant à la droite de Dieu,
  Roi, Juge, Dieu lui-même.

Il est devant mes yeux au mont des Oliviers,
Il m'adresse, mon fils, ses adieux, les derniers,
Il m'annonce qu'il va retourner à son Père,
Préparer dans le ciel une place à sa mère.

LA VIERGE A LA DESCENTE DU SAINT-ESPRIT

Esprit de vérité, qui nous venez des cieux,
     Qui venez au Cénacle .
     Ouvrez, ouvrez nos yeux,
Prenez, prenez nos cœurs pour votre Tabernacle.

Esprit consolateur, versez-moi votre miel,
     Endormez ma souffrance ;
     Que je revoie au ciel
Mon bien-aimé, mon Dieu, toute mon espérance.

Esprit d'intelligence, ouvrez-moi le chemin
     Aux vérités sublimes ;
     Prenez-moi par la main
Pour me faire échapper aux esprits des abîmes.

Esprit de foi, d'amour, allumez dans mon sein
     Une divine flamme ;
     Que vers Dieu trois fois saint
Montent comme l'encens tous les feux de mon âme.

Esprit de vérité, qui nous venez des cieux,
Qui venez au Cénacle :
Ouvrez, ouvrez nos yeux,
Prenez, prenez nos cœurs pour votre Tabernacle.

LA MORT DE LA VIERGE

Gloire au Christ : il appelle à la félicité
Qui croit, espère en lui, croit, espère en son Père ;
Gloire au Christ : il appelle à lui sa sainte mère,
Il lui fait partager son immortalité.

La Vierge a par un ange appris sa mort prochaine,
       Qu'elle allait son enfant
       Retrouver triomphant,
De la terre et des cieux être la souveraine.

La Vierge s'est parée : elle est comme un lys blanc
       Qui porte une auréole
       Autour de sa corolle,
Qui lève vers le ciel son calice tremblant.

La Vierge a dans les mains la palme de la gloire,
       Elle l'a sous les yeux
       La palme de victoire
Que l'ange lui remit pour monter jusqu'aux cieux.

La Vierge est au milieu des apôtres qui prient,
    Qui lui disent adieu...
    La Vierge monte à Dieu
Bienheureuse : la terre et les cieux lui sourient.

Gloire au Christ : il appelle à la félicité
Qui croit, espère en lui, croit, espere en son Père ;
Gloire au Christ : il appelle à lui sa sainte mère,
Il lui fait partager son immortalité.

L'ASSOMPTION

Vole, vole au ciel, ta patrie,
Avec ton corps, blanc comme un lys,
Ton corps qui porta Dieu le Fils,
Vole au ciel, âme de Marie.

Anges, prêtez à ce corps pur
L'appui de vos ailes d'azur,
Accompagnez-le dans sa marche,
Portez au ciel cette sainte arche.

Terre, elle te fait son adieu,
La Vierge à la robe étoilée :
Elle retourne immaculée
A son auteur, au Christ, à Dieu.

Ciel, étincelle, ouvre tes voiles
Devant ce corps ressuscité,
Cette nouvelle Majesté,
Reine des anges, des étoiles.

Terre·à genoux, chante en ce jour
La Reine des cieux, de la terre,
Offre à la Vierge, offre à ta mère
Ton encens avec ton amour.

Vole, vole au ciel, ta patrie,
Avec ton corps, blanc comme un lys,
Ton corps qui porta Dieu le Fils,
Vole au ciel, âme de Marie.

AU RÉVÉREND PÈRE MONSABRÉ

DES FRÈRES PRÊCHEURS

TEMOIGNAGE DE RECONNAISSANCE

Eugène BOQUET
Avocat à la Cour de Paris

VIE DE SAINT JEAN-BAPTISTE

L'ANGE GABRIEL ET ZACHARIE

Un pontife à genoux encense le saint temple,
Dit sa prière au Dieu de la terre et des cieux,
Quand il voit apparaître un ange radieux
Qui debout à l'autel des parfums le contemple :
« Ne crains point, Zacharie, et fête en ce beau jour
Dieu dans lequel ton âme a confiance, espère :
Ta femme Élisabeth va te rendre heureux père,
Et vous nommerez Jean le fils de votre amour.
Il sera grand, ce fils, devant Dieu notre Père,
Apportera la joie à la terre, à ton cœur,
Ne boira pas de vin d'enivrante liqueur,
Aura le Saint-Esprit dès le sein de sa mère.
Plein des vertus d'Élie et comme lui puissant,
Il marchera, ton fils, devant Dieu, sa lumière,
Convertissant le père au fils, à la prière,
Couduisant au Seigneur un peuple obéissant. »

Mais le pontife, ayant besoin comme d'un gage
Pour raffermir sa foi, répondit anxieux:
« Comment s'accomplira ce fait mystérieux?
Car je suis vieux, ma femme est avancée en âge. »

Alors l'ange lui dit : « Regarde Gabriel,
Un Esprit qui toujours vit en Dieu, le contemple,
Qui, messager de Dieu, paraît dans son saint temple
Pour préparer ton cœur au bonheur paternel ;
Mais pour avoir douté de la bonne nouvelle,
Tu vas être frappé de double infirmité,
De mutisme complet, complète surdité,
Jusqu'au jour où naîtra l'enfant que je révèle. »

LA SAINTE VIERGE ET SAINTE ÉLISABETH

« Toi qui viens en ce lieu
Répandre tes parfums, tes grâces sur les âmes :
Tu te trouves bénie entre toutes les femmes,
    Sainte Mère de Dieu.

Mon cœur en te voyant s'emplit de sainte ivresse,
    Mère de mon Seigneur;
    Je suis toute au bonheur,
Je sens, je sens mon sein tressaillir d'allégresse.

    Heureuse, heureuse es-tu
D'avoir cru que pour toi Dieu ferait un prodige ;
Car Dieu fera sortir une fleur de ta tige
    Sans nuire à ta vertu. »

Voilà, voilà comment à la Vierge Marie
    Elisabeth parla,
    Comment se révéla
La parole divine au seuil de Zacharie.

7

LA NAISSANCE DE SAINT JEAN

Heureux, trois fois heureux le fils d'Élisabeth
    Qui vient à la lumière,
Car la Vierge qui prit naissance à Nazareth
    Le reçoit, la première,
Car la Mère de Dieu baise son front, ses yeux,
    Lui sourit dans son lange,
Car la Vierge Marie élève vers les cieux
    Sa jeune tête d'ange

Heureux, trois fois heureux le sein qu'a visité
    Le Dieu plein de mystère,
Qui donne malgré l'âge et la stérilité
    Un beau fruit à la terre ;
C'est un autre Isaac, un autre Samuel,
    Un enfant de prière
Que le Seigneur envoie au peuple d'Israel
    Pour être sa lumière.

Heureux, trois fois heureux sera l'enfant qui sort
    D'une si noble tige,
Car pour ce cher enfant, pour Jean, pour ce trésor,
    Dieu fait un grand prodige :
Son père n'est plus sourd, il entend au saint lieu
    Nos voix, celles des anges ;
Sa langue est déliée, il rend grâces à Dieu,
    Il chante ses louanges.

CANTIQUE DE ZACHARIE

Béni Dieu d'Israël qui viens nous visiter,
Béni Dieu d'Israel qui viens nous racheter,
Qui lèves l'étendard de foi, de délivrance,
Chez David, ton enfant, ta plus chère espérance.
Tous tes prophètes saints nous l'avaient bien promis
Que tu nous sauverais de tous nos ennemis,
Qu'elle était avec nous la grâce paternelle
Et ta sainte alliance avec nous éternelle.
Notre père Abraham a reçu le serment
Que tu te donnerais à nous entièrement
Afin que délivrés de la crainte servile,
N'ayant plus à combattre aucun pouvoir hostile,
Nous puissions te servir avec sécurité,
Marcher dans la justice et dans la sainteté.
Et toi, Jean, tu seras le prophète qu'envoie
Le Seigneur devant lui pour préparer sa voie,
Pour sauver, racheter son peuple d'Israël
Par Dieu notre Seigneur dont le sein paternel
S'ouvre, laisse passer la lumière des mondes
Qui vient illuminer les ténèbres profondes,
Ceux qui dorment couchés dans la nuit du trépas
Et conduire au chemin de la paix tous nos pas.

7.

LA MORT DE ZACHARIE

Il n'est plus en Judée aucun asile saint :
   La mère sur son sein
   Voit se lever le glaive
Et le voit retomber sur l'enfant qu'elle élève ;
C'est le soldat qui tue, au nom d'Hérode roi,
   Chaque enfant de sang-froid,
   Qui dans cette tùrie
Croit immoler l'enfant de la Vierge Marie;
C'est le soldat qui tient le glaive d'assassin
   Pénètre au temple saint
   Pour faire des victimes
Et se faire payer par Hérode ses crimes ;
C'est le soldat qui trouve un prêtre et l'outrageant
   Lui dit d'amener Jean,
   L'enfant que tant il aime,
Qu'il va devant ses yeux périr à l'instant même ;
C'est le père à genoux qui dit en suppliant,
   Dit en balbutiant
   Devant Dieu qui le juge
Qu'il ne sait où son fils a pu prendre refuge ;

C'est le soldat qui n'a ni pitié ni remord,
        Met Zacharie à mort,
        Un vieillard, père et prêtre,
Envoie un nouveau saint devant Dieu comparaître.

SAINT JEAN AU DÉSERT

Regardez ce jeune homme aux cheveux ondoyants,
          Aux yeux caves, brillants,
          Aux épaules couvertes
D'une peau de chamelle, aux jambes découvertes :
Il vit dans les déserts, sous les rocs pleins d'écho
          Qui bordent Jéricho,
          Il y vit sans défense,
Solitaire, orphelin dès sa plus tendre enfance ;
Il s'y nourrit du fruit du caroubier, de miel,
          Il y boit l'eau du ciel,
          Il y prend l'antilope,
La gazelle et se couvre avec leur enveloppe.

Regardez ce jeune homme aux cheveux ondoyants,
          Aux yeux caves, brillants,
          Aux épaules couvertes
D'une peau de chamelle, aux jambes découvertes :
Il est sur un rocher en contemplation,
          En méditation ,
          Il s'agenouille, il prie,
Il se sent transporté jusqu'au ciel, sa patrie,

Il entend une voix qui lui parle de ceux
        Qui sont saints, bienheureux,
        D'Abraham, de Moïse,
Du Messie attendu sur la terre promise.

Regardez ce jeune homme aux cheveux ondoyants,
        Aux yeux caves, brillants,
        Aux épaules couvertes
D'une peau de chamelle, aux jambes découvertes :
C'est un nouvel Elie aux déserts retiré,
        Un prophète inspiré
        Que le Seigneur envoie
Devant son bien-aimé pour préparer sa voie ;
C'est Jean, le Précurseur du divin Rédempteur
        Du Christ libérateur,
        Du Christ dont la lumière
Va venir éclairer la terre tout entière.

PRÉDICATIONS DE SAINT JEAN

Saint Jean, dans le désert, apparaît sombre et pâle,
        Sa voix est rude et mâle :
On sent l'homme qui va dire la vérité
        En toute liberté,
Qui vit sur les hauteurs, en aigle solitaire,
        Loin des bruits de la terre,
Qui veut nous détacher de tous les biens charnels
        Pour les biens éternels.

Entendez-le crier : la chair n'est que de l'herbe,
        Et toute sa superbe,
Comme la fleur des champs, s'abat, tombe en tout lieu
        Sous le souffle de Dieu.
Vous êtes, pharisiens, des races de vipères,
        Qui bavez sur vos pères
Abraham et Jacob, dont l'éclat est si pur,
        Votre venin impur;
Mais sachez, orgueilleux, que le Maître suprême
        Peut de ces pierres même
Susciter des enfants au grand Mathusalem,
        D'autres enfants à Sem; —

Publicains qui levez pour le trésor du prince
  L'impôt de la province,
Ne levez que l'impôt du prince et rien de plus,
  Ne vivez plus dessus ; —
Soldats, contentez-vous de la solde qu'on donne,
  Ne frappez plus personne,
Ne soyez plus jamais insolents, exacteurs,
  Ni calomniateurs...
Israèl, Israel, arrive à repentance,
  A faire pénitence,
Rachète tes péchés en partageant ton bien
  Avec ceux qui n'ont rien ;
Israèl, lave-toi dans les eaux du baptême,
  Confesse Dieu lui-même,
Le Christ qui va venir répandre dans ton sein
  Son feu, son Esprit-Saint,
Le Christ dont je me trouve indigne, je t'assure,
  De porter la chaussure,
De servir, célébrer avec assez d'ardeur
  La divine grandeur...
Israel, Israel, le temps du Christ approche
  Et son royaume est proche :
Prépare donc sa voie au Christ, au Roi des rois, .
  Et rends ses sentiers droits ;
Vois, la hache déjà va frapper les arbustes,
  Les arbres vieux, robustes,
Et les arbres qui n'ont pas produit de bons fruits
  Par le feu sont détruits ;

N'attends pas, Israël, le jour de la colère
        Où le maître de l'aire
Viendra passer au van le blé de son grenier
        Et le purifier ;
N'attends pas que le Christ vienne, en juge terrible,
        Te passer par son crible,
Faire brûler ta paille et tes esprits charnels
        Dans ses feux éternels.

8

LE BAPTÊME DU CHRIST

O saint Jean Précurseur que l'Homme-Dieu proclame
Le plus grand des enfants nés du sein d'une femme :
Tu l'attendais le Dieu sauveur du genre humain,
Préparant, rendant droit dans les cœurs son chemin,
Prêchant la pénitence et l'aumône féconde ;
Et tu le vis venir le Dieu sauveur du monde,
Tu vis au figuré resplendir en haut lieu
Dieu Père, Esprit et Fils, trois personnes en Dieu ;
Tu pus le contempler ce sublime mystère,
L'annoncer, le premier, l'attester sur la terre...
O saint Jean, tout ton être a tressailli soudain
En allant baptiser dans l'onde du Jourdain
L'Homme-Dieu qui, prenant ce baptême de l'onde,
Prenait en même temps tous les péchés du monde ;
Tout ton être a rendu gloire à Dieu tout-puissant
En voyant du Jourdain sortir resplendissant
L'Homme-Dieu qui portait l'Esprit-Saint sur sa tête,
L'Homme-Dieu sur lequel le ciel s'ouvrait en fête,
L'Homme-Dieu dont disait aux mondes le Seigneur :
« C'est là mon bien-aimé, mon Fils, tout mon bonheur. »

O Sainte Trinité, te voilà manifeste,
Ta présence est terrestre autant qu'elle est céleste,
Et qui n'a pu te voir, te comprendre jadis,
Voit, comprend aujourd'hui Dieu Père, Esprit et Fils.

TÉMOIGNAGE DE SAINT JEAN

Le Christ n'a pas quitté les rives du Jourdain
Que saint Jean sur ses pas prophétise soudain :
Israel, vois celui que je n'ai pu te taire,
Qui devait après moi paraître sur la terre,
Et m'être préféré pour sa divinité,
Existant avant moi de toute éternité.
Il nous a tout donné dans sa bonté suprême
Et la loi de Moïse et la Vérité même
Que seul il a pu voir, ayant seul pu voir Dieu,
Et que seul il est prêt à répandre en tout lieu.

8.

SAINT JEAN A SES DISCIPLES

Les pharisiens, voulant créer l'hostilité
Entre le Christ et Jean pour pouvoir en médire
Et ramener le peuple à la servilité,
Envoyèrent à Jean ses disciples lui dire :
« Maître, celui qui vint au delà du Jourdain
S'incliner devant toi, recevoir ton baptême,
Et sur lequel tu vis descendre l'Esprit-Saint,
Voilà que maintenant il baptise lui-même
Et que chacun le suit, semble te dire adieu. »
Et Jean aux envoyés de ces gens pleins d'envie :
« L'homme ne reçoit rien qui ne vienne de Dieu,
Et j'ai dit, je dirai pendant toute ma vie,
Je ne suis point le Christ, mais bien son précurseur,
Mais l'ami de l'époux pour qui l'épouse est faite,
Qui l'écoutant parler a la joie en son cœur ;
Et ma joie à cette heure éclate satisfaite.
Il doit donc s'élever, et moi je dois baisser,
Car je viens de la terre ainsi que ma parole,
Tandis qu'il porte, lui, sa divine auréole,
Qu'il vient d'en Haut, du Père, et doit tout surpasser,
Nous révéler le ciel, son séjour délectable ;

Et personne ne croit à qui nous vient des cieux,
Excepté qui reçut ce témoin précieux,
Qui s'en vient attester qu'il est Dieu véritable ;
Car l'envoyé de Dieu, de Dieu seul vient parler,
Dieu ne lui donne pas l'Esprit avec mesure :
Il lui donna pouvoir sur toute la nature
A son Fils bien-aimé qu'il vint nous révéler ;
Et qui croit en son Fils a la vie éternelle,
Et qui ne veut pas croire en son Fils comme en lui,
Ne jouira jamais de la vie immortelle,
Verra Dieu courroucé qui partout le poursuit. »

AUTRE TÉMOIGNAGE DE SAINT JEAN

Saint Jean voit à nouveau le Christ en Béthanie,
Il se sent le cœur plein d'une joie infinie,
Dit aux Juifs, aux Gentils qui se sont rapprochés :
« Voici l'Agneau de Dieu qui prend tous les péchés,
Celui dont je disais c'est la Vérité même,
Celui qui donne seul la grâce du baptême,
Celui qui tient la grâce enfermée en son sein
Et sur lequel j'ai vu s'arrêter l'Esprit-Saint. »

SAINT JEAN ET LES DOCTEURS DE LA LOI

Saint Jean en Jésus-Christ vient confesser sa foi
Publiquement, devant les docteurs de la loi :
« Je ne suis point le Christ, la lumière promise,
Elie et le prophète annoncé par Moïse,
Mais la voix de celui qui crie en chaque lieu :
Rendez droits les sentiers du Seigneur notre Dieu,
La voix du Fils de Dieu qui va venir lui-même
Dans l'Esprit et le feu vous donner le baptême. »

L'ARRESTATION DE SAINT JEAN

« J'entends toujours parler d'un Jean dit le Messie ;
S'il a reçu des dieux le don de prophétie,
Dit Hérode Antipas à quelques familiers,
Qu'il vienne, prenne rang parmi mes conseillers. »
Et saint Jean qui croit faire un nouveau prosélyte,
Servir en même temps la cause israélite,
Se présente devant le tétrarque romain,
Lui révèle le Dieu sauveur du genre humain,
Le Dieu qui dans l'Esprit, dans le feu purifie,
Élève jusqu'à lui l'homme, le déifie ;
Mais Hérode qui sert des idoles de bois,
Des dieux matériels dociles à sa voix,
Lui qui prit, épousa la femme de son frère
Vivant et renvoya la sienne vers son père,
Ne voit qu'Hérodiade au monde et son amour,
Les promène en triomphe au milieu de sa cour ;
Et saint Jean, en public, de dire à ce monarque :
Qu'il porte d'adultère et d'inceste la marque,
Que s'il brûle, vivant, de ces feux criminels,
Mort, il ira brûler dans les feux éternels.

9

Alors Hérodiade ainsi qu'une Furie
Se dresse, se démène, et dans son palais crie
Que femme, épouse et reine, on vient de l'outrager,
Que le roi doit avoir à cœur de la venger,
Qu'il doit faire arracher la langue à ce prophète
Et de sa main royale abattre cette tête;
Et le roi, qui se sent au cœur même dessein,
Mais qui n'ose pas être encore un assassin,
De peur de voir tomber sa couronne et sa tête,
Le roi dit : que l'on traque au désert le prophète,
Qu'on l'enlève par ruse, et que chargé de fers
On le jette au Fort-Noir, ce donjon des enfers.

SAINT JEAN EN PRISON

C'est au Fort-Noir, ce donjon des enfers,
Qui fut bâti sur les plus hautes cimes
De la Pérée, au-dessus des abîmes,
Que le prophète entre, chargé de fers.
C'est au Fort-Noir qu'il traînera sa chaîne,
Dans un cachot à perpétuité,
Pour avoir dit au roi la vérité,
Pour satisfaire une royale haine.
C'est au Fort-Noir qu'il reste enseveli,
Ne respirant que vapeurs délétères
De la mer Morte et l'asphalte des terres,
Qu'autour de lui se fait le long oubli.
C'est au Fort-Noir que voyant ceux qu'il aime
Se lamenter comme s'il n'était plus,
Il dit : « Allez vous unir à Jésus :
C'est lui la vie et la Vérité même. »
C'est au Fort-Noir que saint Jean innocent
Attend en vain l'heure de la justice,
Voit le bourreau, l'instrument du supplice,
Offre à Jésus son âme avec son sang.

LE CHRIST AUX DISCIPLES DE SAINT JEAN

Voulant, dans sa prison, montrer à ceux qu'il aime
Que Jésus est la vie et le maître suprême,
Saint Jean leur dit : « Allez à Jésus vous unir,
Demandez-lui s'il est celui qui doit venir,
Si nous devons attendre encor d'autres oracles »
Et Jésus, devant eux, opère des miracles,
Rend à l'aveugle-né la lumière du jour,
La parole au muet, l'entendement au sourd,
Chasse la maladie avec l'Esprit immonde,
Et dit : « Allez à Jean annoncer comme au monde :
L'aveugle voit le jour, le boiteux marche droit,
La lèpre a disparu, n'inspire plus d'effroi,
Les oreilles des sourds aux sons se sont ouvertes,
Les morts sortent vivants des tombes découvertes,
Le pauvre, dès cette heure, est évangélisé ;
Et bienheureux par moi qui n'est scandalisé. »

LE CHRIST AU PEUPLE

Que comptiez-vous rencontrer aux déserts?
Est-ce un roseau qui tremble dans les airs?
Un homme mou, vêtu d'or et de soie,
Qui dans le sein des délices se noie?
Mais ceux-là seuls reçoivent des honneurs,
Sont bien reçus aux palais des seigneurs.
Que comptiez-vous rencontrer? Un prophète?
Prophète, il l'est, d'essence plus parfaite
Que ceux qui l'ont vu passer en Esprit;
Car de saint Jean au ciel il est écrit:
C'est lui mon ange, avant vous je l'envoie,
C'est lui qui doit vous préparer la voie;
Car des enfants qu'une femme a conçus
Et que la terre avec joie a reçus,
Aucun prophète, à mon sens, ne surpasse
Saint Jean-Baptiste, aucun ne le dépasse,
Bien qu'il soit moindre au royaume des cieux
Que l'Homme-Dieu qu'il annonce en tous lieux;
Car, avant lui, la loi, la prophétie
Avaient bien pu vous parler du Messie,

Mais lui, saint Jean, l'a mis devant vos yeux,
Vous a fait voir le royaume des cieux,
Qui, comme un fort, se prend d'assaut, s'emporte,
Ouvre à la foi, la charité sa porte.
Qu'il soit donc bien entendu d'un chacun
Qu'Élie et Jean, aujourd'hui, ne font qu'un
Pour tout ce qui concerne le Messie,
Et que chacun croie à la prophétie.

LE CHRIST AUX DOCTEURS DE LA LOI

A qui ressemblent donc tous ces docteurs bibliques?
A des enfants assis sur les places publiques,
Criant à leurs amis : « Comment! Nos chants joyeux
Ne vous invitent pas à danser sous nos yeux?
Comment! Nos voix pour vous ont des accents funèbres
Et vous ne pleurez pas à nos chants de ténèbres? »
Car, disent ces docteurs de saint Jean qui s'abstient
Et du pain et du vin, c'est que Satan le tient,
Et de Jésus, qui mange et boit avec la foule :
Que sa vie au milieu des délices s'écoule,
Qu'il s'est à des pêcheurs publicains confié;
Mais Dieu par ses enfants se voit glorifié.

LA MORT DE SAINT JEAN

Hérode trône à table au milieu de sa cour
    Comme un dieu qu'on encense ;
Ce sont ses courtisans qui fêtent en ce jour
    Sa royale naissance,
Qui, la coupe à la main, chantent Mars et Bacchus
    Et leur prince invincible,
Invoquent les Amours et leur mère Vénus,
    La reine au cœur sensible.

Quand tout à coup s'avance au son des instruments
    La fille de la reine :
Elle élève dans l'air ses bras, ses pieds charmants,
    Que Terpsichore entraîne,
Courbe, relève un corps par les Grâces moulé,
    Plein du feu de la danse,
Vient dans les bras du roi, comme un esprit ailé,
    Retomber en cadence.

Et le roi, tout ému, tout ravi de plaisir,
    De dire à cette abeille :
Qu'il est prêt à se rendre à son moindre désir ;
    Qu'elle est une merveille ;
Qu'il s'engage de suite, avec force serments,
    Sur son front qui l'embaume,
A lui remettre même, en ses ravissements,
    Moitié de son royaume.

Elle a souri, rougi d'orgueil et de plaisir,
    La jeune bayadère,
A regardé la cour pour peut-être y choisir
    L'époux qu'elle préfère,
Et puis a disparu, comme un sylphe léger,
    Pour aller à sa mère
Demander un conseil, ce qu'il faut exiger
    De son royal beau-père.

    Que va demander Salomé,
    La danseuse, fille de reine ?
    Est-ce un beau Juif qu'elle a charmé,
    Qu'elle a fasciné, la sirène ?
    Est-ce un gladiateur romain
    Avec la dot d'une province
    Qu'elle veut mettre dans sa main ?
    Est-ce un berger, ou bien un prince ?

Non, non, ce que veut de sang-froid
Hérodiade, la féroce,
L'épouse impudique du roi :
C'est perpétrer un crime atroce,
C'est faire mourir l'innocent,
Saint Jean-Baptiste, le prophète,
C'est plonger ses mains dans son sang,
Insulter, souffleter sa tête.

Elle rentre, apportant une aiguière d'argent,
    Salomé l'indolente,
Demande à voir dedans la tête de saint Jean
    Nager, sanguinolente.
Et le roi, pour montrer qu'il tient à son serment,
    A femme débauchée,
D'ordonner que saint Jean, sans aucun jugement,
    Ait la tête tranchée.

Et pendant qu'au palais du monarque aviné
    Le festin continue,
Un soldat, au cachot de saint Jean enchaîné,
    Pénètre, l'arme nue,
Fait s'abaisser, tomber sur un billot le cou
    Du plus divin prophète,
Et faisant retomber sur sa nuque un seul coup,
    Lui détache la tête.

10

Elle rentre au palais dans un bassin d'argent,
          La tête du prophète ;
Elle rentre au palais, la tête de saint Jean,
          Devant la cour en fête.
Et la reine, prenant cette tête de mort,
          L'insulte, la soufflette,
Fait se rouvrir sa bouche et plante un poinçon d'or
          Dans sa langue muette !

. . . .
. . . .
. . . .
. . . .

Ainsi le plus grand saint que la terre a porté,
          Et son plus grand prophète,
Qui vit au figuré la sainte Trinité
          De sa base à son faîte,
Saint Jean tomba martyr pour Dieu, la Vérité
          Qu'il avait fait connaître,
Saint Jean fut dans le sein du Christ ressuscité
          Le premier à renaître.

TABLE DES MATIÈRES

VIE DE LA SAINTE VIERGE

VIE DE SAINT JEAN-BAPTISTE

PARIS. — IMPRIMERIE F. DEBONS ET C⁰, 16, RUE DU CROISSANT.

Paris — Typ. F. Debons et Cie, 16, Rue du Croissant.

www.ingramcontent.com/pod-product-compliance
Lightning Source LLC
Chambersburg PA
CBHW060833250626
47162CB00005B/2044